Franklin miente

Para Cameron, Lauren y Katie –P.B.
Para mi hijo, Robin –B.C.

Franklin

Franklin is a trade mark of Kids Can Press Ltd.

Spanish translation © 2000 Lectorum Publications, Inc.
Originally published in English by Kids Can Press under the title
FRANKLIN FIBS

Text © 1991 Contextx Inc.
Illustrations © 1991 Brenda Clark Illustrator Inc.

1-880507-69-2   (pb)
1-930332-13-0   (hc)

Printed in Hong Kong

10 9 8 7 6 5 4 3 2   (pb)
10 9 8 7 6 5 4 3 2 1   (hc)

Library of Congress Cataloging-in-Publication Data

Bourgeois, Paulette
    [Franklin fibs.   Spanish]
    Franklin miente / por Paulette Bourgeois ; ilustrado por Brenda Clark ;
traducido por Alejandra López Varela.
    p. cm.
    Summary: When Franklin lies about being able to swallow seventy-six
flies in the blink of an eye, his friends ask him to prove it.
    ISBN 1-880507-69-2 (pbk.)
    ISBN 1-930332-13-0 (hc)
    [1. Honesty-Fiction.   2. Turtles-Fiction.   3. Animals-Fiction.
    4. Spanish language materials.] I. Title II. Clark, Brenda, ill.
    III. López Varela, Alejandra.
    PZ73.B6428   2000
    [E] 21–dc21   99-040295

Franklin miente

Por Paulette Bourgeois
Ilustrado por Brenda Clark
Traducido por Alejandra López Varela

Lectorum Publications, Inc.

FRANKLIN podía deslizarse en el agua desde la orilla del río. Sabía contar hacia adelante y hacia atrás. Era capaz de subirse y bajarse el zíper y abrocharse los botones de la chaqueta. Incluso sabía atarse los cordones de los zapatos. Sin embargo, Franklin no podía tragarse setenta y seis moscas en un abrir y cerrar de ojos.

Y ahora Franklin estaba en un apuro porque les había dicho a sus amigos que sí podía. Franklin había mentido.

Todo empezó cuando Oso dijo presumiendo:
—Puedo subir al árbol más alto. Y trepó hasta la
copa de un pino.

Después Halcón dijo desafiante: –Puedo sobrevolar todo el campo de zarzamoras sin batir las alas ni una sola vez.

Planeó sobre el bosque y sobrevoló el campo de zarzamoras sin mover una pluma.

Castor dijo con orgullo: –Yo puedo talar un árbol con mis dientes.

Castor royó primero un lado y después el otro. Las astillas de madera saltaban por todas partes, hasta que el árbol se derrumbó.

–Y además –añadió–, puedo construir mi propia presa.

Franklin no podía trepar a un árbol. Tampoco podía talarlo con los dientes. Y no era capaz de volar. De repente, se le olvidaron todas las cosas que *podía* hacer. Así que mintió:

–Puedo tragarme setenta y seis moscas en un abrir y cerrar de ojos –dijo.

Sus amigos se quedaron atónitos.

–Fíjense –dijo Franklin.

Franklin engulló dos, cuatro, seis moscas.

–Ya está.

–Pero si sólo te has tragado seis –dijo Halcón.

–Porque sólo había seis moscas volando –dijo Franklin–. Y las comí en un abrir y cerrar de ojos. Podía haber comido setenta más.

–Eso habrá que verlo –dijo Castor.

Franklin frunció el ceño. Sabía que no podría comer setenta y seis moscas en un abrir y cerrar de ojos. Era imposible.

A la hora de cenar, Franklin no tenía apetito.

—¿Qué te ocurre? —le preguntó su mamá.

—No puedo comer setenta y seis moscas en un abrir y cerrar de ojos.

—Yo tampoco —dijo su papá.

—Ni yo —dijo su mamá.

—Pero ustedes no tienen que hacerlo —dijo Franklin con tristeza.

—Yo sí tengo que hacerlo. Franklin les contó la historia de las moscas.

Su mamá asentía con la cabeza y su papá escuchaba atentamente.

—Franklin, qué imaginación tienes —le dijo su papá.

A la mañana siguiente, sus amigos lo estaban esperando. Castor tenía una sorpresa para él.

–Cómetelas –lo retó.

Franklin se puso una bufanda de lana en el cuello y le dio dos vueltas.

–No puedo –dijo quejándose–. Me duele la garganta.

Sus amigos se echaron a reír.

Franklin se sentía muy mal. No podía comer. No podía dormir. No podía pensar en otra cosa que no fuera en moscas y mentiras.

–Puedo practicar hasta que *pueda* tragarme setenta y seis moscas en un abrir y cerrar de ojos –le dijo a su papá.

–Puedes, pero te tomaría mucho tiempo –le dijo su papá.

–Puedo dejar de jugar con mis amigos –le dijo a
su mamá.

–Puedes, pero te sentirás muy solo –le respondió ella.

–Puedo decirles que he mentido –dijo Franklin.
–Puedes –le respondieron sus papás–. Y
después puedes enseñarles lo que *sí* puedes hacer.

Al día siguiente, sus amigos lo estaban esperando.

—No puedo tragarme setenta y seis moscas en un abrir y cerrar de ojos —admitió Franklin.

—Ya nos lo imaginábamos —dijo Castor.

—Pero —continuó Franklin—, sí puedo comer setenta y seis moscas.

Los amigos de Franklin suspiraron.

—De veras —dijo Franklin.

Franklin corrió a casa.

Cogió las moscas, un recipiente, un poco de harina, leche, huevos y miel. Mezcló los ingredientes, los removió, los amasó y metió la masa en el horno. Ya estaba listo.

–¡Miren! Franklin se comió el pastel de moscas de un bocado.

–Ya está –dijo Franklin relamiéndose.

–¡Sorprendente! ¿Qué más sabes hacer? –le preguntó Castor.

Franklin se sentía muy orgulloso. Estuvo a punto de decir que podía comerse dos pasteles de moscas de un bocado.

Pero lo pensó dos veces y no dijo nada. Hasta
una tortuga se cansa de comer pastel de moscas.